歌集

淡き光

香川哲三

現代短歌社

目次

Ⅰ　淡き光

平成二十年

Ⅲ　八十八寺巡礼

歌集

淡き光

Ⅰ　淡き光

平成二十年

昼灯

執務終へ帰る宵街ひえびえと高層ビルの灯火かがよふ

川の向うに昼灯をともせるオフィースビル働
く人の影やはらかし

西日さす家のあひだの道とほく自動車よぎる
光かへして

街裏の道をあさあさ健やかに自転車つらね少
女らのゆく

たえまなく海より吹ける今日の風葦の綿実《わたみ》を
さかんに運ぶ

おもむろに砂浸しつつ街なかの川を潮《うしほ》のせり
あがりくる

水ひろき川面を音なく風わたる冬のひかりを
散りばめながら

冬枯れし山のあひだをゆくバスにさす日眠り
をしきりに誘ふ

おもひきり潮ひきゆきし街川をひくく音なく
水ながれゆく

曇りつつ明けゆく窓をたたき吹く冬の嵐の音
聞きゐたり

のこり咲く枇杷の一木に目白らの寄りて蜜すふ声むつまじく

冬送る

去年《こぞ》の茎折れまがり立つ蓮田あり冬の日うけて花さく薺《なづな》

凍《いて》土《つち》のうへに広き葉ほぐし立つ白菜のはな黄のさやかにて

雨そそぐ水田にあはく広がるはしろき薺の冬ひらく花

すこやかに茎のばしゆく白菜の先端すでに淡黄の蕾

街裏の道に香れる枇杷の花冬日にひかり小鳥をさそふ

街裏に残れるひくき一枚の水田おほへる冬草の青

傘をうつ雨はすなはち冬送る音いさぎよし朝霧ふかく

山国川

あたたかく冬の日みつる山国川ゆるやかにして水多からず

ひとつの生しのび歩める洞門の石壁さむく天ひくかりき

鑿のあと斜めにあまた残りゐる洞にひらくる
山国川は

川のべのひとつ断崖つらぬける洞門をゆく車
静かに

昨夜《きぞ》ふりし雨に落葉のやはらかくひかる石段
ゆく人の影

みどり濃き冬木々の間を歩みつつ衣の擦れあふ音をやさしむ

昨夜《きぞ》の雨にじむ山路をのぼりゆく一足ごとに息はづませて

岩壁にすがりしままに廃れゆく堂に音なく降る雨のあり

木々せまるこの細きみち人の居ぬ安けさにゐて時ゆくはやし

なく鳥もかぜも聞こえぬ山のみち霽《は》れし時雨の名残ただよふ

冬木々のなかを歩めば現身《うつしみ》の帰路をうながすいくばくの雨

堰《ゐせき》こえ水のあふるる音きこゆ春のひかりの
差す山峡に
匹見峡

退職

ともどもに職退くひとの顔を見つ齢《よはひ》六十まぎ
れなき貌

人垣のなかを送られ出でて来つ三十五年のときは漠々

花束をかかへ歩めば香る風三十五年の追懐をよぶ

昼よりの宴《うたげ》終はりて乗りしバス客まばらにて夕光の満つ

さまざまに心よろひて勤め来し日月《ひつき》悔のみ多く残りつ

浜大根

今年また島の渚にいち早く花ふかれ咲く浜大根は

郷里大三島

しろたへのあるいは淡きむらさきに浜大根は
風にふかるる

執拗にゐのしし蚯蚓をあさりけん蜜柑畑は荒
るるままにて

紅ふかくネーブル熟るる山の畑そこはかとな
く香りただよふ

丘畑に輝ふ桐の大木ありむらさきの花空をおほひて

川にそひ風吹きとほる朝の道人もさくらも水に映えつつ

香煙をかこみてあまた人の寄るめぐりかすかに火の温みあり

浅草寺

浅草寺の参道あした歩みつつ聞くはおほかた
異邦者の声

朝あけしビルに見おろす東京の街にやさしく
緑地かがやく

電話――叔父香川美人逝く

その息の静かに逝きしと言ふ電話落つる涙の
憚りもなし

現世《うつしよ》に在すを心の支へとしただに励みて来し
日々なるに

ひとり逝きまたひとり逝きわが父の同胞《はらから》今日
より一人だになし

涙ぬぐひ一人こもれば春宵の町に電車のとどろく音す

満天星の白花あふれ咲く庭は生あるものの静けさに満つ

日暮れゆく庭に紅《くれなゐ》のいろあはくつつじ咲きをり玻璃戸へだてて

直ぐに立つ蠟の炎のくれなゐに向ひゐたりき
部屋に黙して

さまざまに記憶を追ひてゐたりしが眠りはふ
かく現身おほふ

満天星の白花風にふるふ見え射す日は終《つひ》の悲
しみ誘ふ

庭木々の若葉せまれる朝の部屋こゑなく叔父
にむかひ居たりき

わが叔父が終《つひ》の三年《みとせ》をすごしたる小田原界隈
海のべの街

晴れとほる空にみどりの色あはく樟は無数の
小花をひらく

元安川

午あゆむ川の辺の道樟の花若葉しのぎて盛り
あがり咲く

ビル街をつらぬく川の岸にそひ樟の若葉がし
きりに戦ぐ

虎ノ門

超高層ビルの間《あはひ》は石敷ける広場さかんに春風
の吹く

戦前のビルはおほよそ崩されて霞ケ関に代々
の香のなし

地下鉄のながき階おり歩廊ゆく吹きくる強き
風をし浴みて

超高層ビルの灯近くとほく満ち虎ノ門界隈夜ふけんとす

ひしめきて立つビル群がことごとく灯りをともし夜半となりゆく

島の雨

雨晴れしみかん畑につづく道ふむ荒砂の音を
すがしむ

放棄されし蜜柑畑はいづこにも白き空木の花
さき盛る

川床をたばしる水の音高しあふち花咲く谷道
くれば

季すぎし畑にふたたび咲き香る蜜柑の白き花
に近づく

六月の畑にかがやく八朔の熟れ実たやすく草
むらに落つ

はるかよりわが名よびしは母なるか頬白しき
啼く島道ゆけば

熱風

夏光《なつかげ》のまばゆき朝を旗たてて歩める示威の声
静かなり

川にそひ吹きゆく暑き今日の風六十三年の苦
しみ誘ふ

ひとときに飛沫《しぶき》をさめし噴水の向う幾万の人集ひをり

声たえて祈りゐしかど現身をめぐる想ひはよりどころなし

おほかたの人去りゆきし石畳しろじろとして陽炎ゆらぐ

天の青しろく霞めるまで暑く相生橋に日は長
けんとす

樟並木つづく川辺に夏光《なつかげ》を浴び立つドーム風
絶えはてて

夕暮れし川に灯籠ふれ合ひてのぼりゆきけり
みち潮のうへ

街川をひろく満たしてゐし潮のいきほひくだる風のふく午後

潮満つるひろき川面にあらはれて鯔《ぼら》の一群おほどかに過ぐ

つのりゆく暑さに広く枝をはる橡《とち》が歩道に太き実おとす

岸にそひ続く樟の木つややかに葉群ひかれり
夕凪のころ

ペースメーカ

ゆくりなくペースメーカ入れし友今宵を一人
いかに居らんぞ

巨大会社ひとつ倒れて株為替たちまち閾値《ゐきち》を
ただよひ始む
リーマン・ブラザーズ破綻

病む身おしみかん作りし折々の歌にて今宵君
をしのばん
悼む近藤清子さん

癒えがたき病凌ぎてひたぶるの命を抒べし歌
の悲しさ

くれなゐの色あはあはとたちそめて雨ふるあした酔芙蓉咲く

いたるところ木犀にほひ十月の朝すこやかに雨ふり始む

サイバー空間

ものに添ふべき金《かね》サイバー空間を彷徨《さまよ》ひつづく昨日も今日も

あつけなく過ぎしわが生六十年この身に僂くかさね来しもの

あしたより音なく庭にそそぐ雨澄みしひとりの生想はしむ

柳澤桂子さんに寄す

わが母が縁に立ちいで唐突にとほき過去いふ
言葉たしかに

ゆく秋の道に咲きゐる紫苑の花蜂ゐて小さく
息づくあはれ

吉和村

落葉松の枝葉みだれて立つ林もみづる前の空
静かにて

金融危機

まのあたり金融不安おほひゆくこの現世《うつしよ》に息ひそめ生く

高層ビルひしめく街に人群れて金融恐慌おし拡げゆく

物《もの》金《かね》の営為飽くなき資本主義社会に生ききて
はや六十年

金融危機おほふ地球をひかり冴え今宵満月が
照らしわたれり

世を統べる人まつ声の満ちをれど国の未来は
定まりがたし

人皪きて逃げゐし者のその面が光の放射に映し出されつ

世のニュースしばし否みて雨の日を家にこもれば長き夕暮

いくつもの店を凌ぎて栄え来しかの量販店も閑散となる

夜々《よひよひ》に電光装飾点しゐてつづく街路の樹々う
そ寒し

老いし母

茎たてて畑にむれ咲く百日草くれなゐふかく
秋日をつつむ

冬草のみどりつゆけきわが畑見めぐり歩む朝はやく来て

島いくつ越えて夜ふけし高速路ひた走りゆく病む母のせて

受けいれの決まりし病院わがめざしふたたび未明の高速路ゆく

再びの検査に母のほそき身が運ばれゆけり夜のあけ近く

ともかくも検査終りて朝明のベッドに母の身やうやく安し

閉塞の腸に苦しむ母の息ベッドの横にすべのなく聞く

手術まつ母の姿のたどきなし痩せし身さらに
齢《よはひ》思へば

麻酔より覚めてマスクに吐く母のかすかなる
息見守りゐたり

いくつもの管に躰の守られて母はベッドに日
すがらねむる

次々に管外されて細き身のめぐり清しくなりたり母は

自らの意志にて床に立たんとす老いたる母のいたいたしけれ

支へなく廊下を歩みそめし母をりをり壁に身を寄せながら

刺身など食ひてみたしと母の言ふ手術後二十日へたる病室

をりをりに目を開け母は何おもふ冬晴天の光さす部屋

新幹線に乗りて広島はなれゆく母の眼をすがしみ送る

日々散歩するまで癒えてわが姉の家に安けく
居たまふ母は

平成二十一年

事件

かつて無かりし事件の放映ふたたびにこの列
島をおほひゆくもの

職解かれ部屋失ひし人あまた行進しゆく朝の
寒きに

肉親をあやめしニュース一度二度ならず平成
の年あらたまる

どのビルも窓に灯《ひ》みちて降りつのる雪に夕べ
の空あわただし

霙ふる道にその茎かしげ咲く白き水仙花々の冴ゆ

朝《あした》より檜《ひのき》の下枝《しづえ》を打ちてゆく樹脂の香りを身にまとひつつ

白木町水源の森

手をのばし広く張りたる枝を打つめぐり明るき檜林に

日のふかく差しこむ林に昼憩ふ谷よりのぼる
風浴みながら

甘皮を鹿に食はれし檜にて肌さらし立ついく
ところにも

太き幹締めあげてゐし蔦を切る静けき冬の谷
に下りきて

冬畑

伊予みかん濃き紅に熟れそめて疾風《はやち》に吹かるるさま重々し

冬の日のあまねき畑をかよふ風熟れしネーブルの香りをはこぶ

剪定を終へて段畑くだりゆく雪雲とほく輝く
ゆふべ

いたるところ土荒らされし冬畑に猪垣《ししがき》立てを
り汗したたりて

砂利に根をはりてつましく葉をのぶる冬草の
青墓石の辺に

日々母の被りゐし頭巾そのままに蜜柑倉庫の
棚にのこれる

九十一歳の手術をしのぎたる母が朝《あした》床より
健やかに立つ
大阪にて

その声も顔もやさしく老い母が廊下に出でて
われを見送る

人工林

入りて来し檜の森は雪厚く積みゐて空気に樹脂の香のあり

西城町・東城町

雪のうへ黄葉こまかく散りしきて風なき朝《あした》太杉の立つ

雪原の光するどく照りかへす檜山のうへの空
あたたかし

雪原を狸がつたなく歩みけん足跡ひとつ林に
つづく

との曇る村にし入れば山道もめぐりの畑も境
なき雪

ゐのししが蔦の根掘りて食ひしあと檜林のいづこにもあり

倒れ木の雪おしあげて杉苔の青みづみづし峡をし行けば

岩おほき山の傾斜をのぼりゆく荒き残雪ふみ固めつつ

熊により樹皮を裂かれてゐる檜雪なかに立つ
いくところにも
大朝町

空おほふ檜の葉むらを透きてさす光さやけき
谷道をゆく

雪ふかきこの山峡に住みすてし家あり池にそ
そぐ谷水
芸北町

輸入言語

振り込め詐欺仕事になすと若者の平然と言ふ
声恐るべし

騙されし人の積み来しひたぶるの生をし思へ
ば心の滾る

セレブといふ輸入言語を尊べるテレビのこゑ
のかく猛々し

老いふたり寄りそひ生くるさまを見き詐欺に
遭ひたるその後にあれど

ひたすらに妻を支へてゐし人の歌見る久し大
王崎より

下原太氏

金融危機わが職場にも及びきて予期せぬ苦しみ日々《にちにち》重ぬ

哲理なき国の統治に生ゆだね苦しみ逝きし人をし思ふ

低き声

まなこ澄み低き声にて言ひたりき病み老いし母の短き言葉

母を迎ふ

城跡にさく白梅のかをり言ふ病みゐる母の歩みながらに

痩せし母にそひて歩みをすすめゆく冬鴨あそぶ堀のかたはら

いくばくの歩みに疲れし母の身をささへて寒き城址を出づ

ありのまま膳をよろこび食す母と声なくむかふ食堂に来て

体力のおとろへ自ら告ぐる母ソファーベッドにほそき身延べて

くれなゐの花を開きて旬日のさくら川辺に
寒々と立つ

時ながき寒さにさくらの開花みだれ散る花の
あり固き蕾あり

砂のうへうすく敷きたる花びらの紅《くれなゐ》さやか
風にし吹かる

目のまへに花びらしきりに散らしゐる桜壮樹
のくれなゐ眩し

ひきてゆく潮に靡ける藻のみどり元安川の流
れに見ゆる

したたかに酒のみし夜半によみがへる記憶い
く片脈絡もなし

やせ老いし母の躰をささへつつ胡蝶花《しやが》のはな
咲く苑の道ゆく

くれなゐの硬き葉おとしし樟並木川ふく風に
花の香こもる

樟落葉敷きゐる川辺の砂の道老いたる母と歩
みゆきたり

吐く息の音のやさしき母と居き白詰草の咲けるかたはら

四肢たゆく椅子に目覚めてとりとめもなき識閾のなかにゐたりき

下校チヤイム夕べの道に鳴り響きわが青春の日々よみがへる

暑き春

三十度こえし春日が花みつる樟の並木に容赦なくさす

知り得べき経緯も因もそのままに首長交代ふたたび進む

変異せし豚ウイルスが易々と拡散しゆくわが
日本に

あたたかき春の日々《にちにち》病みふして施設にすごす
母をし思ふ

ソファーベッドに細きからだを横たへてまど
ろむ母の顔あたたかし

ひろき池わたり吹く風明るきに母むかひをり
長椅子のうへ

治りたる風邪ふたたびに春暑き街を汗垂りゆ
く瘦身は

川の辺に影なす桜鳥たちの喰ひ残したる紅実
幾粒

いくばくも歩み得ずして老い母が木々若葉せる御苑にいこふ

ひとすぢに佐太郎研究極め来し今西先生しのびてやまず

悼む今西幹一先生

御苑

われの背を支へとなしておもむろに母が御苑の敷石を踏む

新京にありしことなど老いふたり語りそめにき池のほとりに

初夏《はつなつ》のひかりに乾く道のうへ池より出でて亀あゆみゆく

葉影なす梅の木下に拾ひたる黄の実一粒その
日の香り

紫陽花の青すみて咲く苑の道空をまばゆく風
ふき渡る

いくばくの歩みにこころ満ちし母風ふく木下
の椅子に息づく

ベンチひとつ川辺にありて降る雨は遠き記憶
を蘇らしむ

殺伐としたるうつつを救ふごと空をわたりて
吹く今日の風

雑然としたる世の相映しつつ今日もテレビの
ニュースが終る

わが国の首長がひくき声に言ふことば俄かに
肯ひ難し

日々《にちにち》に流るるニユース人の世の慶びごとは稀
となり来つ

さまざまの思惑交叉し統率のなき集団となり
しかの党

川のみづ引きて明るき堀の面を夕波たててよぎる影あり

車椅子に母乗せゆけば橋したの水すれすれに鶫が飛びゆけり

朝はやく来る川辺に母と浴む梅雨の末期の風あたたかし

路面電車の軌道が遠くまで見えて安全地帯に
夏日まばゆし

夏の日をおもく反せる道のうへ路面電車の影
が近づく

サングラスに夏の日避けて人歩むうつつ心を
つつめるごとく

志満先生御逝去

メールにて知りしその死は四日前街ゆく吾の
こころ萎え果つ

日をかへすビルも炎暑の鋪道《いしみち》も現にとほし亡
きを思へば

平易なる言葉親しくひとつ生《よ》を切々として詠みたまひけり

凝りし肩もみし記憶もはるけくて目黒の家を偲びゐたりき

父と叔父に連なりて来し吾さへや幾たびこの世の恩かうむりき

病より癒えたる父の詠みし歌喜びくれしは十余年前

人の生《よ》の苦しみ詠みて極まりし命思へば涙し流る

段畑に見たる大三島の海のいろ記憶にとどめ聞かせたまひき

月々のみ歌尊み声を聞くごとく待ちにき遠くいませば

たまはりし葉書に綴るごとく来つよき歌よみになれとふ言葉

電車

夜をこめて降りそそぎゐる夏の雨木々の葉おもく川辺に続く

八月に入りしにふたたび三度ふる雨に川辺の樟の葉さわぐ

人満つる電車川面にくきやかに朝《あした》の影をうつしつつ行く

川岸につづく高層ビルの影くきやかにして天
をし限る

煙霧こめ暮れゆく京橋川のうへ音なく強き雨
降りそそぐ

降る雨のはげしくなりし京橋川しろつめ草の
花さく向う

ネオンサインの影を映して街なかの川高々と
潮《うしほ》をたたふ

郷里

蔓くさのあまた絡める伊予柑の木々はおほよ
そ一色の青

大《おほ》刃《は》鎌《がま》振りてつる草はらひゆく蜜柑畑に夕暮
るるまで

ひたすらに間引く青実は草のうへ反動のなき
音をつたふる

夏草の息吹満ちゐる蜜柑畑猪《ゐのしし》が掘りたる土
あらあらし

皮かたき蜜柑の青実をむきて食ふ草刈り終へし夏の畑に

午のとき告ぐるチヤイムは畑下の村より聞こゆ吹く風のなか

降りつのる七月の雨たどきなくみかん倉庫にしたたる音す

母住まずなりて久しき島の家居間に鼠の遊びし跡あり

開きたる納屋に蝙蝠ひそみゐて小さき眼しきりに動く

母のゐぬ島のわが家玄関をひらけば重き炎暑のにほひ

みかん倉庫の瓦やぶれて夏の日の雨に雫の音して止まず

母

手術経し九十二歳の母日々の生を人工器官につなぐ

腹痛に夜寝れずと訴ふる母のみじかき言葉わ
が聞く

壁にそひ廊下を歩みゆく母の足の力のいたく
弱りつ

食べしものこなれず躰細りゆく母にそひつつ
術のなかりき

「頑張つて食べた」と母はいくばくの粥に夕
べの食事を終る

スプーンに粥を掬ひて暮れ方のベッドに母の
ちから無くゐる

足むくみ躰ほそりてねむる母眠りは安き時
誘《いざな》はん

秋の日のひかり澄みゐる京橋川母と風浴み憩ひしところ

この階にさえざえとして月の見ゆ夕明り顕つビル群のうへ

点灯をおほかた終へし高層ビル夕べの空にひしめきて立つ

あしたより口腔清めくれゐたり施設に母を訪ひて来ぬれば

緊急の呼び出しボタンを握りしめ酸素吸入つづけゐる母

保湿ゼリー

夏のひかり残れる坂の舗道《いしみち》を息あへながら登りゆきけり

ひろき葉をひらき重ねて無花果の青き実にほふ頃となりたり

石垣にいまだ炎暑のほてりあり白き木槿の咲く坂の道

夕道を汗したたりて登り来つ家並へだてて海見ゆる丘

やうやくにジユース飲みしにたはやすく母は夜床に吐き戻したり

嘔吐にていたく気力の萎えし母夜のベッドに息あらくをり

細き躰むくみて床に臥す母の吐く息吸ふ息安くしあれよ

かくまでに薄くなりたるわが母の足の膚《はだへ》をさすりゐたりき

腎機能明日はもどらんこと願ひ尿を導く管を見守る

息ややに安くなりしを支へとし施設に母を置きて帰り来

減りてゐし尿すみやかに出づる夜窓を開けば駅の灯遠し

くちびるの乾きを指にて示す母保湿ゼリーを塗りてやりたり

ストーマに広がりそめし壊疽を見き凌ぎし術後九か月の日々

点滴の針と皮膚との間より体液漏るると聞きて黙せり

すべの無きことと思へど明日のこと計らひ夜の坂道かへる

すでに声なし

ひとりなる執務の部屋にかかり来し電話の声のただごとならず

タクシーに急ぎ向へば電話にて心臓マッサージ受けゐるを聞く

急ぎ来し施設の部屋に酸素マスク付けしわが
母すでに声なし

取りし手も擦《さす》る額も温かく今の現の受け止め
がたし

み棺に眠れる母に夜もすがら語りゐたり懺の
累々

現身の声を聞き得ぬ夜の部屋たどる記憶は脈絡もなし

母のこゑ常識閾にまつはれど容赦なかりき死の現実は

炉のほてり浴みてみ骨を拾ふとき冷然として母の死はあり

山帰来の青実いろづく島丘の墓地に来れり母を抱きて

納骨を終へたる島の丘の墓地あはあはとして夏光のさす

母の一生

六月《むつき》余りこころ安《やす》らに居し母の部屋に朝《あした》の風
吹きとほる

賜りし人のみ心母の声部屋に満ちゐて去りが
たかりき

針と糸片付けをれば肌着など繕ひてゐし母の
まぼろし

母の声しばしば吾によみがへり残暑きびしき一日をゐたり

唐突に来《きた》る別れと思へれど異変愚かに気付かずゐしか

天寿にて逝きしを心の支へとし生くる日々《にちにち》まぼろしのごと

すこやかに母の歩みし川の辺をおほひて靡く
つめ草の青

父逝きし島にひとりの老いの日々しのぎしの
ぎて過ぎし六年

質素なる日々の暮しに細き身を支へて過ぎし
母の一生《ひとよ》ぞ

肯はんうべなはんとし蘇る母に添ひゐし日々《にちにち》のこと

還暦をすぎし齢に母送り暑き九月も過ぎんとしをり

床のうへ声なく左右に顔振りし母の心を推しはかりをり

日々の生極まり路上に夜を送る人のこころは
限りもあらず

からうじて台風それしこの川に朝《あした》うしほの輝
きやまず

おもひきり潮の増したる川のうへ台風末端の
風轟けり

潮みつる川一面にさざ波のたちて現の平安は
あり

伯方島

船《ふな》折《をり》の瀬戸をへだてて秋の日にけぶる採石場
の断崖

がらがらと石をし砕く音聞こゆ瀬戸へだてたる島の岬に

採石の跡をおほひていつしかに木々繁りたる島山ひとつ

発破音ひびきわたりし断崖をおもむろにして粉塵移る

ひとしきり潮面みだれて鵜島《うしま》の岩削ぐがごとくに潮流走る

水泡たて筋をなしつつ船折の瀬戸を芥の遠ざかりゆく

浜の辺に寄りあひ立てる櫟の木満つる潮《うしほ》に太き実落とす

宮窪《みやくぼ》の瀬戸ひとときに騒だちて夕日あまねき
退き潮となる

唐突に雷のとどろき今しがた晴れゐし天を雨
しぶき飛ぶ

広島大手町

高野山

夕ちかき高野の山に入りくれば寒々として常盤木香る

廊下ふむ足音しげくなりし朝御堂にまなこ冷えつつ目覚む

護摩を焚く音さかんなる暁の御堂に人ら静かに集ふ

幹老いし杉の木肌に育ちつる杉の実生の青やはらかし

二本《ふたもと》の幹合体し立つ杉の空をとざして枝広げたり

太杉の幹に朝の日とどまりてをろがむ御廟いたく静けし

寺々をめぐりめぐりて七年か高野の山に踏む
今日の土

稲うるる香りかすけき穴師の道影ひきてたつ
碑《いしぶみ》ひとつ
佐藤佐太郎先生揮毫歌碑

蜜柑など黄に熟れそめし巻向の山をくだりて
午後の風吹く

かたくなにその葉たもちて酢漿草《かたばみ》の小花路傍
にあふれ咲きをり

仮想現実

仮想現実世界に入りて数時間グーグルアース
の地球に遊ぶ

冬木々の影並み立てる蛇崩坂仮想空間に俯瞰しゐたり

政権交代なりし日本しかすがに日々の報道定まり難し

極南の海にさまよひ出でしと言ふ巨大棚氷何と言ふべし

淡き光

島の丘おほへる淡き光あり過ぎし生《いのち》を偲び立てれば

わが妻と携ひゆきしは淡き光《かげ》さしゐる遠き山並のした

その一生《ひとよ》質素に終へし父母《ちちはは》の利するなかれと
言ふ声のあり

青く澄みし川に広がる漣の光さながら冬の香
はこぶ

潮たかく満ちて広がる川のうへ小波をたてて
吹く風のあり

Ⅱ

極南の風——初冬ニユージーランド

空広き街

日本に見し月ひくく海に照りマリアナ上空過ぎゆくころか

夜間飛行

漆黒の空より海に差す月のひかり静けし太平洋に

一様に天をおほひて天に果つ暁雲のくれなゐ
遠し
ニュージーランド上空

木々のなき山に拓かれ山むすぶ道の親しき朝
空をゆく

ウイッスルバードの鳴ける公園の幹ふとき
木々冬の香のあり
クライスト・チャーチ　モナ・ベイル

水草のなびくエイボン川のうへ鴨ゐて小さき
流れ離れず

地にとどくばかりに太枝たるる楡手にし触る
ればその芽冷たし

枝ひかり幹光り立つプラタナス群青色の空に
抜き出づ

海わたり吹く風冷たき丘に見つ家々ひくく空ひろき街
カシミア・ヒル

傾ける秋日に霞層なせるカンタベリー平野の果ての雪山

道あゆむ人も車も静かなり冬木々ひかる夕べの街は
クライスト・チャーチ市内

家々も車の屋根もことごとく霜をまとひて暁を待つ

リユック背負ひ未だ明けざる街道を人また一人走りゆきけり

マウントクツク往反

薄明のカンタベリー平野雪かづく山々ほのかに紅《くれなゐ》を帯ぶ

カンタベリー平野

霜おほふ朝の広原さまざまに家畜群れゐてただに草喰ふ

やうやくに空明け遠く紅にマウントハットの雪山ひかる

ながながと影をひき摺りすれちがふ車は地平
の日光《ひかり》を受けて

防風の木々も羊もくきやかに影長くひく草原
のうへ

霜ひかる小さき村道日を浴みに出で来し少年
小鳥らの声

ジエラルデイン

氷河湖の汀めぐれば青き水満ちゐて波の影石
にあり

テカポ湖

まどかなる石《いし》原なせる湖の枯草むらに虫鳴く
声す

乳色にあるいは青く水ひかるテカポ湖畔のか
すかなる風

この広き湖へだて氷壁の影なすクック全山晴れて
プカキ湖

空の青遠山の雪まぶしみてプカキ湖畔にひときゐたり

岩崩れあるいは木々生ひ氷壁のそばだつ群山目の前にあり
マウントクック麓

背後より日のさすクック氷壁の前面かすかに
午靄《ひるもや》うごく

氷壁の鋭く抜き立つひとつ山隔つる空間ほのかに暗し

積む雪の影なし聳ゆるセフトンの峰に間近く
太陽はあり

硝子窓へだつる雪山青き天まぶしきなかに昼餐かこむ

棘をもつマタゴーリの木生ひしげる午後の高原隼《はやぶさ》の飛ぶ

湖《うみ》にそひ岩山あらはに照りゐたり半月空に傾けるころ

ロンモア湖

草山のなだりに遠く傾きて冬の日受くる小さき村あり
ベンモアダム

湖の向うは木々なき岩の山澄みたる空にただに照り立つ

繊毛をまとひ広き葉地に広ぐウーリーミユーレンとふこの地の草は

極南の海より吹ける風しのぎ伸び立つポプラ
牧野かこみて

広き原めぐりつつゐて病める人看とる人とほ
く面影に顕つ

ひとつまたひとつ波より飛び出でしペンギン
岩に身をふるひ立つ

ダニーデン

おほよそに十羽ばかりを単位としナイオの林にペンギン帰る

時により相鳴く声のけたたまし崖の下なるナイオのなかに

藪あれば藪にひそみて夜を経んペンギン一羽わが目の前に

海の光

朝八時オマルの海は明けんとし赤濃厚に雲たなびけり
　　　　　　　　　　　　　　　　オマル

街おほふ雲に朝焼けひろがりて歩む海辺の舗《いし》道《みち》赤し

草原につづくポプラの高き幹くれなゐ淡く朝
日に染まる

雲のなき空にやうやく青顕ちて朝焼けをはる
草丘の果て

針金雀枝《はりえにしだ》しげり咲きゐる崖のした浜砂おほひ
岩を巻く波

モエラキ

この浜に吹く朝風を浴びて立つみなもとはるけき極南の海

遠き世の海に育ちし岩と言ふモエラキ・ボルダー波の洗へる

細砂になかば埋もれし貝殻のふとき一枚手にぬぐひ持つ

いつしかに草原ひろき丘となり羊群れなすところどころに

ダニーデン途上

ふゆ枯れしいくつもの丘やうやくに過ぎて寄りあふ家の親しさ

朝より北空遠く黄の色に澄みゐるままに午後となりたり

坂したの小さき店に椅子よせてこの地のビールおもむろに飲む

ダニーデン

坂おほきダニーデンの街をゆく人も車も疎ましからず

降りそめし雨に小暗くなりし城床に時計のかすけき音す

ラーナック城

草のうへときに白羽繕へるアルバトロスは海光のなか

オタゴ半島

その体岬の草生にさらしゐるアルバトロスは雛三羽のみ

断崖のしたはもみ合ふ波と岩オットセイらの声のとよもす

今日ひと日黄のいろ保ちし北の空おもむろにして宵に入りゆく

オマル帰途

夕あかりかすけき原にひたすらに草食む羊その上の月

オークランド処々

海よりの風ふき通る未明の街落葉しきりに道に吹かるる

オマル

朝七時いまだ未明の街ゆけば教会の鐘短く鳴れり

マングローブひろくおほへる入江ありオークランドの街にし入れば

オークランド郊外

カウリの木そばだつ林のうち外にただよふ香りみなもと分かず

マグパイと言ふこの国の鴉見つ芝草あゆむにも姿つたなく

ふとき幹ほそき枝にもさまざまに着生植物葉をひろげをり

原生の林に倒れふす老い木幹にゆたかに苔生
はしめて

その梢晴れたつトタラの樹のしたに生ふる小
草ら木漏日を受く

伸び立つ木朽ちゆく木々らおのおのに雨後の
ひかりに清き香はなつ

木性の羊歯おもひきり葉をひろげ遠世のごとき林をぞなす

カウリの木そばだつ空をふく風に梢ひととき滴をはらふ

目の前にそばだつトタラ着生の木草まとひて枝おもおもし

幹しろく聳つカウリ着生の木草を寄せぬさま
いさぎよし

絡まんとして絡み得ず密林にとぐろ巻き待つ
漆黒の蔓

わが手にて触れたる蔓は色さへもくろく硬く
て鋼のごとし

失ひし道を求めて駆けてをり現身あはれとほきこの地に

Ⅲ　八十八寺巡礼

平成十三年晩夏—霊山寺より井戸寺まで

公孫樹の葉風にかわきて吹かれゐる夕べ柄杓に手を洗ひたり

霊山寺《りやうぜんじ》（第一番）　徳島県

鈴鳴らし杖をつきつつ来る遍路ゆふ暮ちかき池のかたはら

ひくく差す朝の光に石段《いしきだ》の上ねばりある香煙うごく

極楽寺《ごくらくじ》（第二番）

朝光のなかに直ぐ立つ若き杉御堂に見えて緑するどし

金泉寺《こんせんじ》（第三番）

ほしいまま風にしなひてかがやける幾千本の孟宗の青

大日寺《だいにちじ》（第四番）

寺庭に影なす槙の大樹より梢がひとつ音たてて落つ

晩夏《おそなつ》の光まばゆき砂のうへ遍路坐りて乞食《こつじき》はじむ

かぎりなく黄の実の熟るる大公孫樹あふげば太き蜂飛び交へる

地蔵寺《ぢざうじ》（第五番）

バラストをうすく敷きたる寺の庭ふはふはと
して現身《うつしみ》はこぶ
安楽寺《あんらくじ》（第六番）

あたらしく葺きし瓦に沁むひかり寺の御堂は
屋根ひろくして
十楽寺《じふらくじ》（第七番）

しろたへの彼岸花さく道のうへ木を漏れし日
の静かに移る
熊谷寺《くまだにじ》（第八番）

くれなゐの皮をし剝きて芋を食ふ風ふく樟の幹にもたれて

法輪寺《ほふりんじ》（第九番）

午すぎの田面《たづら》あかるき刈田道わかき遍路が足早に来る

縁日の店さまざまに続きゐる切幡寺へのながき坂道

切幡寺《きりはたじ》（第十番）

木々おほふ暗き石段のぼりゆく祭に集ひし人
に押されて

やうやくに訪ねあてたる藤井寺縁日の店たた
む音する

藤井寺《ふぢゐでら》（第十一番）

日暮れゆく藤井の寺はおほかたの人さり百日
紅の花さむく咲く

木犀の花の香みつる焼山寺大杉あまた生ひ繁りをり

焼山寺《せうさんじ》（第十二番）

青杉のすゆき香はこび深谷を吹きあがりくる晩夏《おそなつ》の風

極まれる空の青さに声たえて立ちゐたりけり山の上の寺

車道《くるまみち》ゆきかふ音のかたはらに妻と祈れり観世音菩薩

大日寺《だいにちじ》（第十三番）

あらぎの大木めぐれる銹色の流水岩は秋日にかわく

常楽寺《じやうらくじ》（第十四番）

屋根のうへ夏草枯れてそよぎをり荒れしみ寺は九月のひかり

国分寺《こくぶんじ》（第十五番）

家々の犇くなかにやうやくに見いでし観音寺
柱ふるびて
観音寺《くわんおんじ》（第十六番）

水たかく満つる古井戸そのくらき面《おも》にふたり
の顔をし映す
井戸寺《ゐどじ》（第十七番）

平成十四年秋 ― 恩山寺より神峰寺まで

恩山寺《おんざんじ》（第十八番）

枝をたれ峙つ槙の大木あり御堂の屋根にその葉接して

ひよどりら遠く近くに啼きてをり香煙けぶる寺をめぐれば

錆色の幹かたく立つびらん樹の影なすところ汗ぬぐひけり

遍路ひとり読経はじめし寺の庭きじ鳩一羽おちつかず居る

立江寺《たつえじ》（第十九番）

なにゆゑとなく境内の明るきは御堂四十九年焼失のゆゑ

山ふかき御寺の門に塵かかむり古き木彫の鶴ふたつ立つ

鶴林寺《かくりんじ》（第二十番）

太杉の木々抜きいでて三重塔柱いろさび西日を受くる

欄干にあたる光を見のこして鶴林寺境内わが去らんとす

太龍寺《たいりゅうじ》（第二十一番）

石段をわが踏みふみてやうやくに来し太龍寺灯籠ともる

夕暮るる御堂のそばの岩に生ふ石楠花ひと木
幹かたむけて

すでにして半月門の上に照る心経終へし夕庭
さむく

平等寺《びやうどうじ》（第二十二番）

女坂のぼりて男坂くだる賽銭あまた月に照り
ゐて

大浜海岸

波の音ひくく響《とよ》もす大浜の海の面とほく月の
ぼりたり

さしそめし月のひかりにありありと一つの波
のせり上りくる

轟々と波のよせくる砂浜に宵の祭の音もきこ
ゆる

新しき朱塗の塔をめぐりゆく海よりわたる風の香のなか

薬王寺《やくわうじ》（第二十三番）

楠の葉をわたる風音すがしみて妻と歩みぬ寺の石道

茫々と潮けぶりゐる立島《たつしま》を照らして朝のひかり移ろふ

立島《たつしま》

岩の間に咲きのこりゐる紅の浜撫子《はまなでしこ》に秋の日香る

室戸岬　高知県

波たかく寄せくる浜の岩かげに薊は朱き花ひらきゐつ

大き岩ほがらかに照るみさき道亜熱帯樹のひくく迫りて

海の鳴る音たえまなく聞こえくる木々ふかき
最御崎寺の空

最御崎寺《ほつみさきじ》（第二十四番）

鳥の鳴くこゑのやさしき寺の庭手水に秋の光
がゆらぐ

息つきてのぼりきたりし津照寺の赤門とほく
土佐の海照る

津照寺《しんせうじ》（第二十五番）

午すぎて人ゐぬ頃を詣で来つ金剛頂寺の砂利をし踏みて
金剛頂寺《こんがうちやうじ》（第二十六番）

太杉の幹に沁みゐる秋の日に心はかなく向ひゐたりし

すでにして光をおびし月の見ゆ神峰寺は山頂にして
神峰寺《かうのみねじ》（第二十七番）

頂に見おろすひろき土佐の海うす紅の靄たちなびく

石段をくだり来りて湧水を結び飲みけり月のひかりに

平成十六年秋――大日寺より岩本寺まで

ひとつ山あらはに夕日を受けゐたり残暑のにほひ空に満ちつつ

大日寺《だいにちじ》（第二十八番）

常盤木のそびらに照れる大日寺屋根も柱もさえざえとして

台風の過ぎたる空にこぞり立つ杉壮樹にてみどり鋭し

国分寺《こくぶんじ》（第二十九番）

台風の風をさまりし国分寺そこはかとなく杉
の香のする

首から上の病によしと記しあり梅見地蔵の面
すり減りて
善楽寺《ぜんらくじ》（第三十番）

寺庭につづく段畑とり入れの終りしままに土
みだれをり

苔ひろくおほへる林の中をゆく竹林寺境内ふく風つよし

竹林寺《ちくりんじ》（第三十一番）

海よりの風にさわだつ樟の木の音たえまなし寺の何処も

岸に寄す太平洋の波の音ききつつ憩ふ丘の御寺に

禅師峰寺《ぜんじぶじ》（第三十二番）

目の前にひろがる土佐の海青し寄せくる波は
光をのせて

灰色の節理あらあらしく岩立てり禅師峰寺の
いくところにも

その柱甍もなべて新しき光をまとひ香をはな
ち建つ

雪蹊寺《せっけいじ》（第三十三番）

十月のひかりに新葉《にひば》開きつつ花ひらき立つ桜一木は

種間寺《たねまじ》（第三十四番）

のぼりゆく細き畑みち文旦の青木々せまり太き実を垂る

清滝寺《きよたきじ》（第三十五番）

小さなる滝より落つる水の音そのかたはらに線香を焚く

百七十の石段ともに登り来し女僧がふとき法
螺貝を吹く

青龍寺《しやうりゆうじ》（第三十六番）

村人がつくりし餅をもらひけり波切不動明王
縁日のあさ

おほどかに波の寄せゐる浜の見ゆ岬につづく
断崖のした

横波三里《よこなみさんり》

青ふかき天にひたりて憩ひたり横波三里山上の道

おなじ宿けさ発ちゆきし老人の遍路にふたたび別れをつぐる

紺ふかき空と海とが岩島の向う安らかに晴れわたりをり

須崎《すさき》市《し》中《なか》ノ《の》島《しま》

岩本寺《いはもとじ》（第三十七番）

天井に描かれたりしさまざまの絵を見上げをり多くこの世の

木犀の香りをつきて走り来る列車一両いたく質素に

秋の日に体酔ひつつまどろみぬ銀杏大樹の影なすところ

平成十七年晩夏——金剛福寺より八坂寺まで

四万十のひろき川面に漁《いさ》りする舟見ゆ晩夏の光あまねく

四万十川河口

蟬のこゑ満つる岬は夕づきて入り来し寺の境内暑し

金剛福寺《こんがうふくじ》（第三十八番）

台風に末枯れし木々のなかに立つ常盤の大樹《おほき》
青葉ひかりて

暑気のこる金剛福寺は夕暮のときにて庭に光
けぶらふ

岬道に枯れてつづける椿の木幹に晩夏の夕日
とどまる

足摺岬

黄の色に夕日けぶれる岬山ばうばうとして潮
けむりたつ

礁うちし波は水泡を含みつつその青あはく広
がりてゆく

風たえし暑きゆふぐれ断崖をうつ波音の轟き
聞こゆ

竜串《たつくし》海岸

海をふく風に向ひて朝光を浴みゐたりけり砂《すな》岩《いは》のうへ

あたたかき岩に坐れば砂の粒さらさらとして指に纏はる

いく筋も海にむかひて突き出でし床岩のうへ白波走る

小さなる井戸にたたふる水清しわが掌《て》にすくひ瞳を洗ふ

延光寺《えんくわうじ》（第三十九番）

苔生ふる石をめぐらす古き井戸面《おも》に晩夏の光かがよふ

風のなく鳥のこゑなき樟の木々過ぎゆく九月の光まばゆし

枝あまた枯れたる欅《けやき》の大樹あり去年《こぞ》の嵐に傷みしものぞ

観自在寺《くわんじざいじ》（第四十番）　愛媛県

新しき御堂にいます薬師如来その金色のにぶく光りて

ささやけきひとつ御堂にてのひらを合はせ祈れる少女も見たり

龍光寺《りゆうくわうじ》（第四十一番）

あひ隣る稲荷神社の赤き鳥居段くれゆきてひと影みえず

撮りくれし人と別れて夕ちかき寺の石段いそぎ下りつ

樟の木の風にとどろく仏木寺ひとり心のさやぎてやまず

仏木寺《ぶつもくじ》（第四十二番）

明石寺《めいせきじ》（第四十三番）

茶の色の甍美しき明石寺ゆふべの光を静かにかへす

木の扉閉づるころほひ寺庭の砂ひとしきり夕あかりする

明石寺の庭夕暮れて古びにし御堂ほのかに灯りのともる

銀杏のあまた落ちゐる石の段たちまちにして宵に近づく

幹ふとき杉立ち並ぶ境内をゆけば手水のさやけき音す

大寶寺《だいほうじ》（第四十四番）

秋蟬の声しづかなる路のうへ杉の太木々濃き影をおく

垂直に切りたつ崖に生ふる木々風に黄葉の
高々と飛ぶ

岩屋寺《いはやじ》（第四十五番）

断崖をさやかに照らしゐる秋日礫岩無数の影
ともなひて

断崖のひとつ横穴にわが入りて見おろす寺庭
とほき山々

岩屋寺のそびらに接しそばだてる断崖のうへ
秋の日まぶし

木瘤《ぼくりう》を幹にいくつも保ちゐる伊吹樹齢一千年
とぞ
浄瑠璃寺《じやうるりじ》（第四十六番）

午後の日のあまねく照れる寺の庭彼岸花みえ
稲田がかをる
八坂寺《やさかじ》（第四十七番）

八坂寺のふもとに遠く広がれるひくき家並は
松山の街

平成十八年秋――西林寺より横峰寺まで

石礫のうへを音なく流れゆく川あり水の嵩豊
かにて
西林寺《さいりんじ》（第四十八番）

おほかたは莢実となりし白萩の下枝《しづえ》あかるし
ひとむらの花

いくばくの湿りたもちて秋の日を受くる御寺《みてら》
の土あたたかし

板戸など閉ぢしままなる浄土寺の本堂にぶく
秋日をかへす

浄土寺《じやうどじ》（第四十九番）

そがひなる竹群静けき午のとき黄の蝶ひとつ
空よりくだる

天水を広くたたふる貯水池の面《おも》安らかに風吹
きとほる

繁多寺《はんたじ》（第五十番）

常磐木《ときはぎ》の枝々たかく繁多寺の空に音なく揺れ
てゐたりき

むらさきの酢漿草《かたばみ》秋の日をうけて群らだち咲けり寺のうら庭

藪かげに立つ肌色の花入塚遠世の抒情を今につたふる

石手寺《いしてじ》（第五十一番）　芭蕉花入塚

いろさびし三層の塔けぶりつつ香煙たかく立ちのぼりたり

しきつめし石に西日の光りゐき水を打ちたる
寺の廻廊

人さりし夕べの寺は音絶えて伽藍のうへの空
の明るさ

太山寺《たいさんじ》（第五十二番）

ひよどりの鳴ける林のなかの道下ればさむき
土の香ぞする

その面のかすかなる像キリシタン灯籠ひとつ裏庭にあり

円明寺《ゑんみやうじ》（第五十三番）

円明寺本堂の奥いろさびし阿弥陀如来の御顔ひかる

島々のとほく明るく畳なはる菊間の秋海《あきうみ》紺碧の天

菊間《きくま》町

潮みつる海に突き出でし石堤をりをりにして
波の洗へる

延命寺境内にふるき店一軒土産のたぐひ置き
ならべあり

延命寺《えんめいじ》（第五十四番）

石段をおほへる古き馬酔木の木蕾あまた垂り
ひかりを放つ

元禄の時代の慈悲を今につたふ越智孫兵衛の
高き墓石

わが島と縁《えにし》のふかき寺と知る南光坊の甍まば
ゆし
南光坊《なんくわうばう》（第五十五番）

ふるびたる御堂あたらしき納経所時代うつれ
ば容《かたち》かはりて
泰山寺《たいさんじ》（第五十六番）

低丘にたつ泰山寺稔りたる稲田ふく風ここに
し薫る

朽ちかけし手押し車の置かれゐる栄福寺本堂
をふき抜ける風

栄福寺《えいふくじ》（第五十七番）

むらさきの萩の花さく寺の庭秋の日浴みて命
やしなふ

山の上はや日かげりし仙遊寺千手観世音菩薩
に祈りをささぐ

仙遊寺《せんいうじ》（第五十八番）

朝倉《あさくら》の村も笠松山《かさまつやま》も晴れわが青春の思慕よみ
がへる

朝倉の村の向うに連なりて四国山脈晴れわた
りたり

稔りゐる稲田へだてて笠松の山に照れる日は
るけき記憶

国分寺《こくぶんじ》（第五十九番）

はやはやも葉を落とし立つ桜の木老いたる幹
に秋の日あらは

人字草のしろ花あまた群れ咲ける横峰寺境内
水屋しづけし

横峰寺《よこみねじ》（第六十番）

山のなだりおほひ繁れる石楠花に寒き夕べのひかり纏はる

太杉の幹に夕日のあたりゐて水落つる音しづかなる寺

山間に層をなしゐる霧のうへ秋の光がしづかに移る

平成十九年春―香園寺より前神寺まで（伊予極楽寺）

堅固なる大聖堂に日もすがら燃ゆる線香赤火かすかに

香園寺《かうをんじ》（第六十一番）

ふく風に樫の穂花のちりやまぬ香園寺境内ころもの憂し

枝々に垂れ花おもく吹かれをりうすくれなゐ
の八重の桜は
漆黒の子安大師の前に立ちひとつの家族祈り
をささぐ
いたみたる宝寿寺の屋根日に萎えて生ふるあ
ら草甍のうへに

宝寿寺《ほうじゅじ》（第六十二番）

ささやけき藤棚のした日をうけて咲ける房花
むらさき澄みて

若葉せる桜大樹のしたに咲く胡蝶花の群花《むらはな》白
のひそけく

吉祥寺《きちじやうじ》（第六十三番）

成就《じやうじゆ》石《いし》といふ岩ひとつ雑草のなか安らかに
木漏日をうく

吉祥寺の庭に牡丹のしろき花ひとつ咲きゐき
くづれんとして

いつしかに空晴れゆきて白樫の新葉《にひば》古葉の風
になる寺

前神寺《まへがみじ》（第六十四番）

青銅を葺ける前神寺の背向《そがひ》つづく杉生の山や
はらかし

深谷をへだつる山のいくところ生ひゐる木々のいたく輝く

伊予《いよ》極楽寺《ごくらくじ》

しやがの花おほひて咲けるなだりあり伊予極楽寺のきざはし行けば

段畑に培ひし麦今はなし木々のび梅など荒るるままにて

憶　佐藤佐太郎先生

寺庭を移る夏日をまもりゐき山のなだりの小さきみ寺に

砂のうへ筵をひろげ蓬ほす伊予極楽寺訪ふ人もなく

頂にちかきこの寺谷へだて聳つ山の夕映およぶ

平成十九年盛夏――三角寺より大窪寺まで

三角寺《さんかくじ》（第六十五番）

境内をひろくおほひて枝を張る樹齢四百年の
この山桜

桜の木影なすところ藪蘭のかたまり咲けりむ
らさきの花

杉森を吹きあがり来る夏風に翅ひろげ飛ぶ蜻蛉の群は

雲辺寺《うんぺんじ》（第六十六番）徳島県

頂を音なくわたる夏の風杉も桜も梢ゆれつつ

まなしたの広き稲田にいくつもの池ひかりをり鬱々として

炎だつごとき真昼の大興寺坐りし石のにはかに熱し

大興寺《だいこうじ》（第六十七番）　香川県

熱き風ふけばたやすく砂に音して葉を散らす桜ひと木は

小松尾の榧《かや》の大樹は三つ分れせる幹かたく夏空に伸ぶ

小松尾の森いでくれば稲ははや穂をかたむけ
て夏日に香る

樟の木々炎暑にその葉にほひたち二つの寺の
境見わかず

神《じん》恵《ね》院《ゐん》・観《くわん》音《おん》寺《じ》（六十八・六十九番）

ゆらぎゐる蠟の火いづれ神恵院観音寺ひとつ
境内のうち

神恵院本堂はコンクリートの門のうちわが心経の声ひびきけり

朱柱に札さまざまに貼られゐる観音寺金堂夕暮れてゆく

本山寺五重塔のまへに咲く百日紅の白さはやけし

本山寺《もとやまじ》（七十番）

年をへし厚き床板ふみゆけば熊蟬のこゑ圧しくるごとし

岩穿ちなりし護摩堂ほの暗しながき石段汗たり来れば

弥谷寺《いやだにじ》（七十一番）

節理なす岩の面《おもて》に見いでたる魔崖の仏の御顔やさし

木々たかく生ひ茂りゐる弥谷寺さまざまの蟬
こゑ鳴き交はす

不老松生ひゐし跡は雑草のあるがままにて夏
日に光る
曼荼羅寺《まんだらじ》（七十二番）

桜の木影なすところ汗たりて坐りゐたりき石
椅子のうへ

日照り靄まとひ立てるは我《が》拝《はい》師《し》山《ざん》わが目のま
へに全容があり

出《しゅっ》釈《しゃ》迦《か》寺《じ》（七十三番）

をりをりに蟬なく声の聞こえくる捨《しゃ》身《しん》ケ《が》岳《だけ》は
夏空のした

むらさきの色豊かなる無花果をむさぼり食ひ
つ無人の店に

歩む人たえし真昼の甲山寺炎暑に雲の境もおぼろ

甲山寺《かふやまじ》（七十四番）

砂のうへ移る旋風《つむじ》を見つつをり樟の大木の影なすところ

広々としたる境内あゆみゆく直ぐなる石の道をし踏みて

善通寺《ぜんつうじ》（七十五番）

寺庭に枝をさかんに張りて立つ樟あり幹に藪蘭いだく

大いなる薬師如来をあふぎ見つ善通寺金堂くらきに立ちて

金倉寺なす屋根五つ夏の日にしろき光をひたすら反す

金倉寺《こんざうじ》（七十六番）

からうじて影なす御寺の屋根のした暑きをしのぐ声をひそめて

参拝の人たえはてし午後二時の寺の砂庭炎暑にゆらぐ

障りある眼《まなこ》の平癒祈りけり古仏新仏います御堂に

道隆寺《だうりゆうじ》（七十七番）

鐘楼の影なすところ鳩ら群れ砂にへたりて炎暑をしのぐ

家並の向うに瀬戸の海ひかる郷照寺の庭ふく風のなく

郷照寺《がうせうじ》（七十八番）

西日さすみ寺に青き苔まとひ松の木いくつ立つ清しさや

あひ隣る社とみ寺境なく木立のなかに本堂さがす

天皇寺《てんわうじ》（七十九番）

あぶらぜみ声ひきて鳴く天皇寺ひと日の疲れをひきずり歩む

谷水のほとばしる音盛んなる店に天草《てんぐさ》食へば香のあり

しなやかに松の木伸ぶる国分寺ふみ行く砂に
朝の日あらは

国分寺《こくぶんじ》（八十番）

夏の風かすかに吹ける寺庭に幹かたむけて松
の木々立つ

塔ありし跡方形に幾代へし平たき柱礎の大石
残る

白峰寺《しろみねじ》（八十一番）

山ふかく来し五色台木々とほしその声ひくく
雉鳩の鳴く

広葉の樹々さまざまに生ひしげる山なかの寺
朝かげわたる

ご詠歌の声きこえくる白峰寺夏のさかりを紫
陽花咲けり

青峰《あをみね》の葉むらに牛鬼《うしおに》の像こもる夏のさかりの
根香寺に来つ

根香寺《ねごろじ》（八十二番）

葉をひらき枝をひろげて夏の日を受くる楓の
大木を仰ぐ

石段をくらくおほひて茂る木々みんみん蟬の
声とほりつつ

惜しみなく水を流せる水路あり夏の日まばゆき稲田のなかに

一宮寺《いちのみやじ》（八十三番）

夏光に泥土の香りたつ稲田一宮寺への道をきたれば

樟ひと木影なすすみ堂に声あげて心経となふ汗たりながら

全天が青極まりて晴れゐたり南面山の門をぬければ

屋島寺《やしまじ》（八十四番）

さへぎりのなき屋島寺は昼ふけにして天も地もただにまぶしき

朱の色の柱古びてたつ御堂屋島の上のひろき平に

青銅の屋根の向うに聳てる岩峰するどく夏日をかへす

八栗寺《やくりじ》（八十五番）

八栗寺にあふぐ断崖夏の日に岩なす礫の明らかに見ゆ

五《ご》剣《けん》山《ざん》の断崖のうへ高々と鳶飛翔せり青空つきて

家間の道を来たれば志度湾におこれる風の暑く吹きゆく

志度寺《しどじ》（八十六番）

海ちかき寺に木々の葉しげり立ち影なす八十六番札所

営繕の鉄骨くまれし長尾寺《ながをでら》仮本堂に掌《て》を合せたり

長尾寺《ながをじ》（八十七番）

四五本の松いくばくの影なせばためらはず入る汗したたりて

日に乾き砂のかがやく長尾寺樟の大木の影にし寄れり

数々の寺めぐり来て仰ぎみる胎蔵ケ峰《たいざうがみね》は夕日をかへす

大窪寺《おほくぼじ》（八十八番）

人居らぬこの広き寺ゆふづけば妻子とともに
蠟燭ともす

法師蟬なきて静けき大窪寺石段ひとつひとつ
くだりき

妻と子と水に浮かべし麵を食ふ夕ひかりさす
長椅子のうへ

後記

本集は『赤雲』に続く私の第三歌集であり、平成二十年・二十一年の作品と平成十三年から平成十九年の間に四国八十八箇寺を巡礼した際の作品合はせて六一二首を収めてゐる。

平成二十年に私は、長年勤務した広島県庁を辞して農林業関係の団体に籍を置いた。集中に人工林に関する作品があるのはそのためである。平成二十年にはリーマンショックに見舞はれて新しい職場も少なからぬ影響を受け、さまざまな苦悩もあつた。一方、県庁退職を契機に同年、秋葉四郎先生を団長とするニユージーランドへの短歌の旅に参加させていただくことができたのは無上の喜びであつた。私にとつて作歌を主目的とした旅は始めてのことだつたが、一行の温かな雰囲気と諸所で目にした清新な光景は今もつて忘れがたい。

広島での勤務と郷里大三島での農業を併せ行ふといふ二十歳代からの生活は

絶えることなく続いた。さうした日々の中にあつて、いつのことだつたらうか、次第に老い衰へてゆく父母の姿を見ながら、ふと四国の諸寺を巡りたいものだと思つた。妻も賛成してくれ、休日を利用しながら巡礼を始めたのは平成十三年であつた。もつとも私たちの場合は車を利用してのもので、一端の装束を身に纏つてはゐたが、寺々で唱へる心経も終始心もとなかつた。それでも諸寺を訪ねてまはつた日々の安らぎは掛替へのないものとなつた。八十八箇寺を参拝し終へるのに七年を要し平成十九年にやうやく結願をむかへた。その間、十五年に父（末光）が永眠した。父なきあと気丈に単身生活を送つてゐた母も二十年に体調を崩し、叔父（美人）が亡くなつた。翌年には、長年ご指導いただいた佐藤志満先生が逝去され、つづいて母も逝つた。

さまざまなことが過ぎてゆくなかで、私はいつも作歌を心の中心に置きながら、一首また一首と短歌を紡ぎつづけた。さうすることにより自らを幾ばくかでも省みることができ、また心を鎮めることができるやうに思はれたからである。

歌集名「淡き光」は次の作によつてゐる。

島の丘おほへる淡き光あり過ぎし生《いのち》を偲び立てれば

わが妻と携ひゆきしは淡き光《かげ》さしゐる遠き山並のした

郷里の大原集落は大三島の中腹にあり、そこからは芸豫諸島をへだてて、東西に連なる四国山脈を見渡すことができる。母も父もその山々を望む丘に眠つてゐる。

秋葉四郎先生にはこのたびの歌集上梓に当たり、ご多忙のなかを原稿に目を通していただいた上に貴重なご助言まで賜つた。深甚より御礼申しあげる次第である。また現代短歌社の道具武志様、今泉洋子様には種々ご配慮を賜り深く御礼申し上げる。

平成二十七年七月一日

香川哲三

著者略歴

香川哲三
昭和23年10月　愛媛県大三島生まれ
昭和43年　「歩道」に入会し佐藤佐太郎に師事。現在同人
平成９年　「歩道賞」受賞
平成14年７月　第一歌集『島韻』発行
平成20年６月　第二歌集『赤雲』発行
現代歌人協会会員、日本歌人クラブ会員

歌集 淡き光　　歩道叢書

平成27年８月24日　発行

著　者　香　川　哲　三
発行人　道　具　武　志
印　刷　㈱キャップス
発行所　**現代短歌社**

〒113-0033 東京都文京区本郷1-35-26
振替口座　00160-5-290969
電　話　03（5804）7100

定価2500円（本体2315円＋税）
ISBN978-4-86534-112-6 C0092 ¥2315E